D0532187

Título original: *Cornelius*

Colección libros para soñar®



Esta traducción se publica con el acuerdo
de Random House Children's Books,
un sello editorial de Penguin Random House LLC



Rúa de Pastor Díaz, n.º 1, 4.º B, 36001 Pontevedra
Tel.: 986 860 276
editora@kalandraka.com
www.kalandraka.com

Impreso en Gráficas Anduriña, Poio
Primera edición: marzo, 2019
ISBN: 978-84-8464-452-1
DL: PO 52-2019

# Cornelio,

*una fábula de Leo Lionni*

Kalandraka

Cuando se abrieron los huevos,
los cocodrilos reptaron hasta la orilla del río.
Pero Cornelio se puso en pie y fue el único
que caminó erguido sobre sus patas traseras.

Aunque había crecido mucho
y se había hecho más fuerte,
era raro verlo a cuatro patas.
Desde aquella altura, veía cosas
que ningún otro cocodrilo había visto nunca.

–Puedo ver lo que hay
más allá de los matorrales –decía.

Pero los otros le respondían:

–Y eso ¿qué importa?

–¡Desde aquí arriba, puedo ver los peces! –insistía Cornelio.

–Y ¿qué? –decían los otros, enojados.

Así que, un día, Cornelio se enfadó y se marchó.

Enseguida se encontró con un mono.

–Yo puedo caminar erguido –presumió Cornelio–.
Y puedo divisar lo que hay a lo lejos.

–Pues yo puedo ponerme cabeza abajo –dijo el mono.

–Y colgarme de la cola.

Cornelio estaba impresionado.

–Y yo ¿podría aprender a hacer eso?
–le preguntó.

–Por supuesto –respondió el mono–.
Solo necesitas un poco de trabajo duro
y una pequeña ayuda.

Cornelio se esforzó
hasta aprenderse los trucos del mono,
y el mono parecía feliz ayudándolo.

Cuando, por fin, aprendió a ponerse cabeza abajo y a colgarse de la cola, Cornelio volvió orgulloso a la orilla del río.

–¡Mirad! –gritó–. Sé ponerme cabeza abajo.

–Y eso ¿qué importa? –dijeron los otros.

–Y puedo colgarme de la cola
–insistió Cornelio.

Pero los otros fruncieron el ceño y dijeron:

–Y ¿qué?

Desilusionado y molesto, decidió volver junto al mono.
Pero, cuando se giró y echó la vista atrás,
¿qué fue lo que vio?

Allí estaban los demás cocodrilos
cayéndose unos sobre otros,
intentando ponerse cabeza abajo
y colgarse de sus colas.

Cornelio se echó a reír.

La vida en la orilla del río ya nunca sería igual.

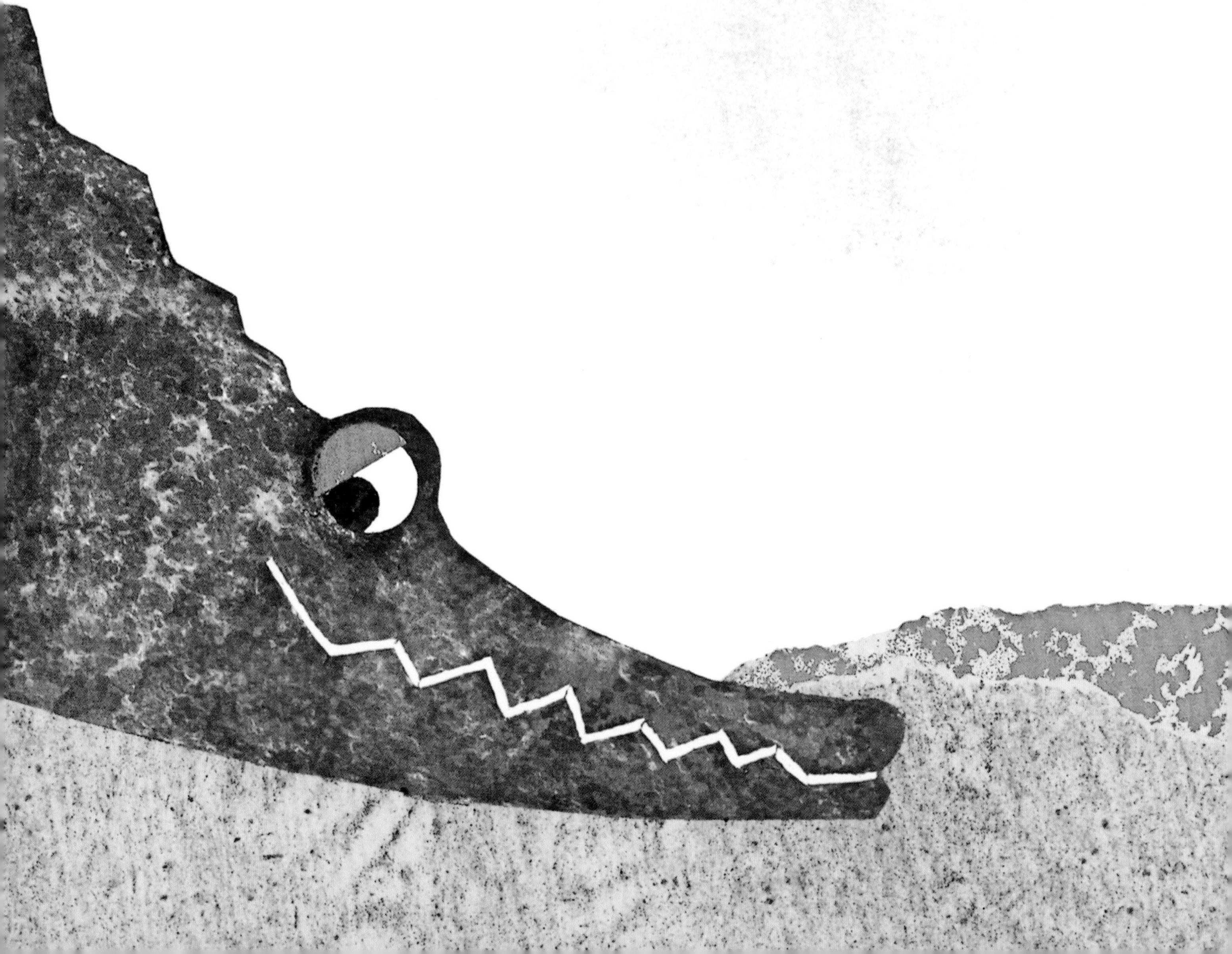